# boats

**Harriet Ziefert**

**Susan Baum**

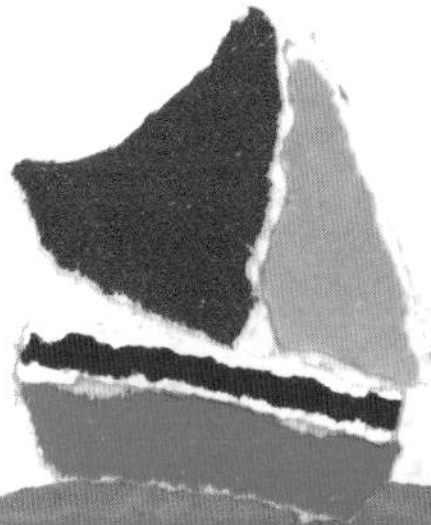

**Puffin Books**

# red

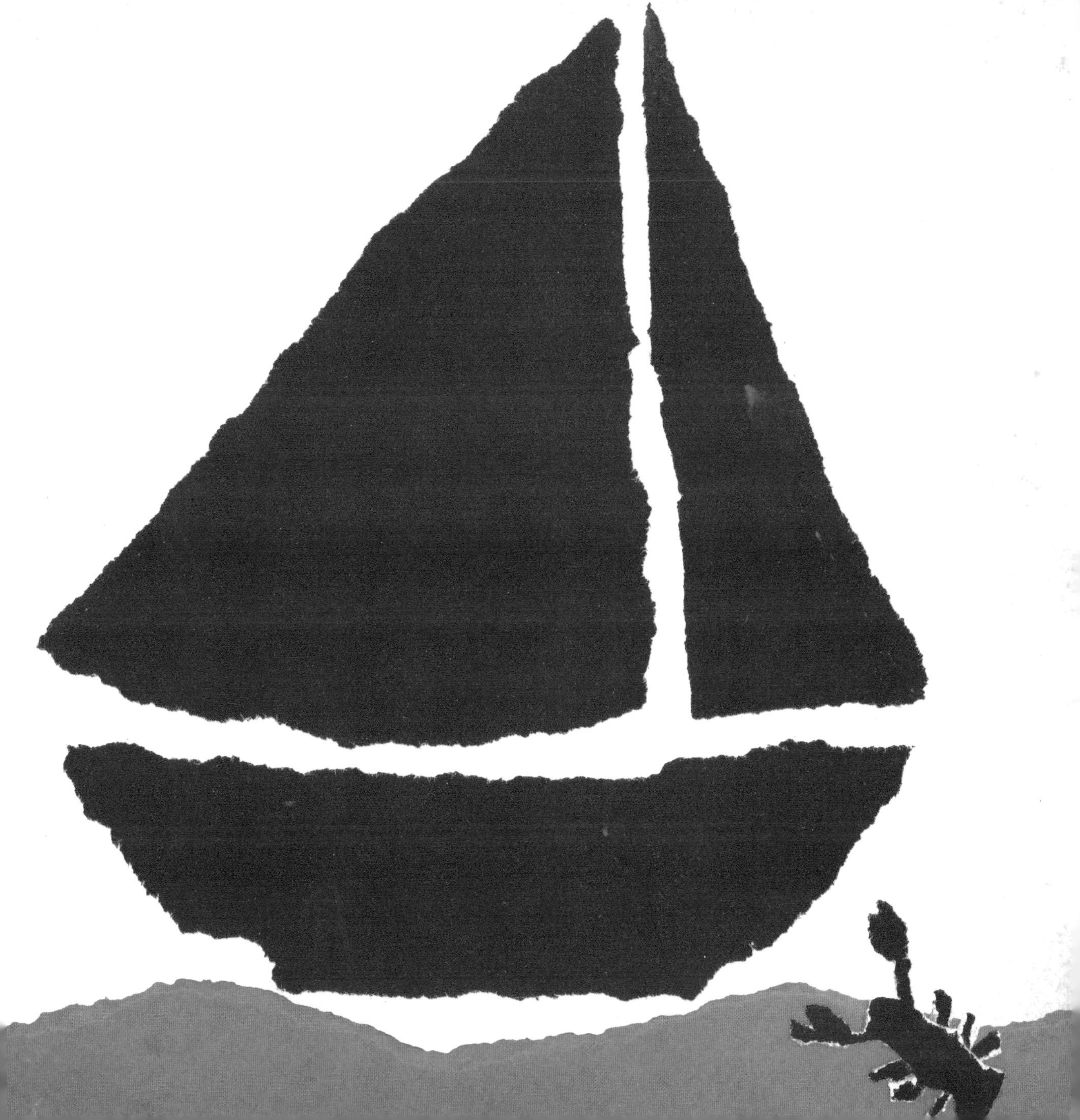

# yellow

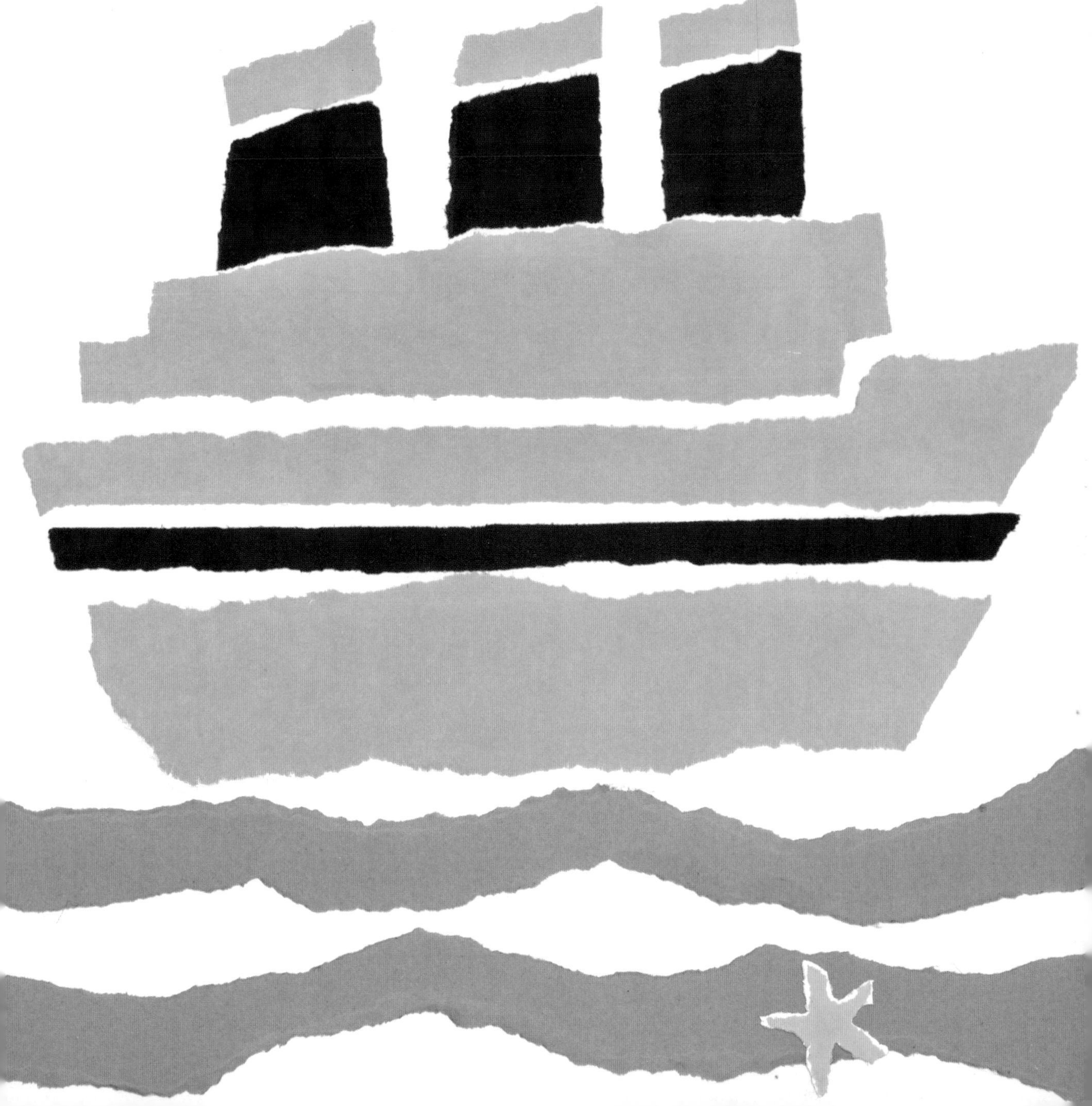

blue

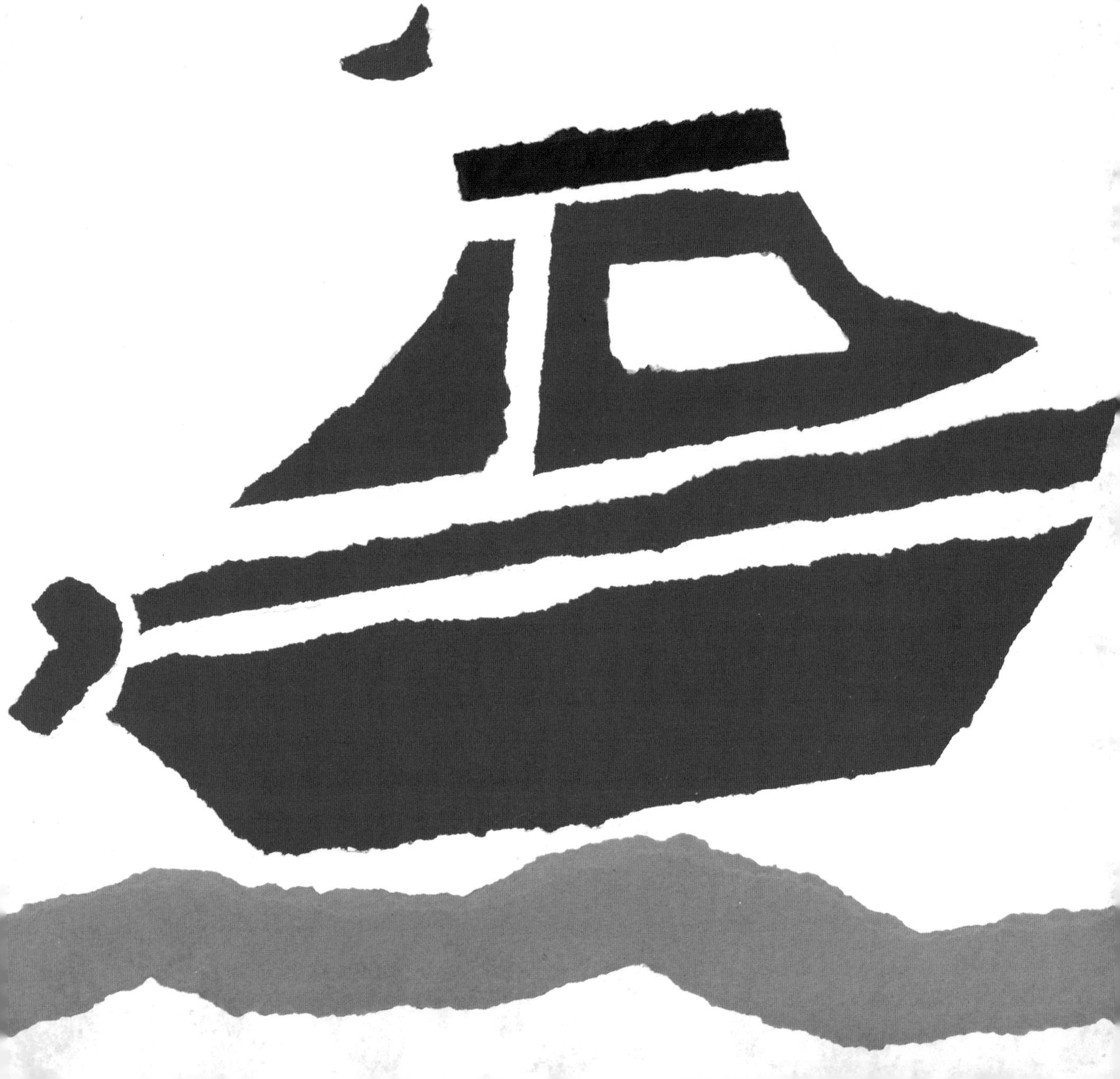

green

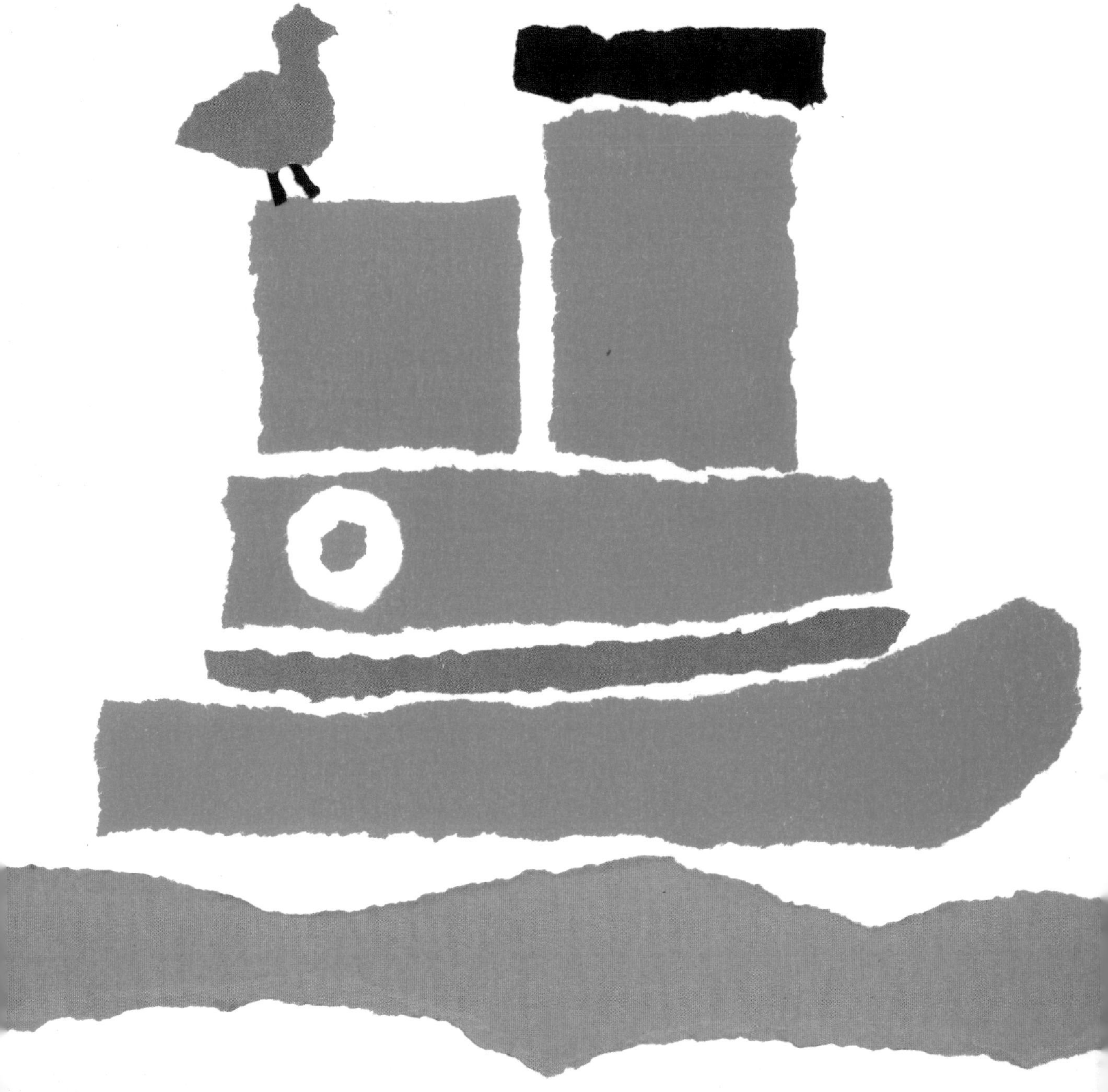

orange

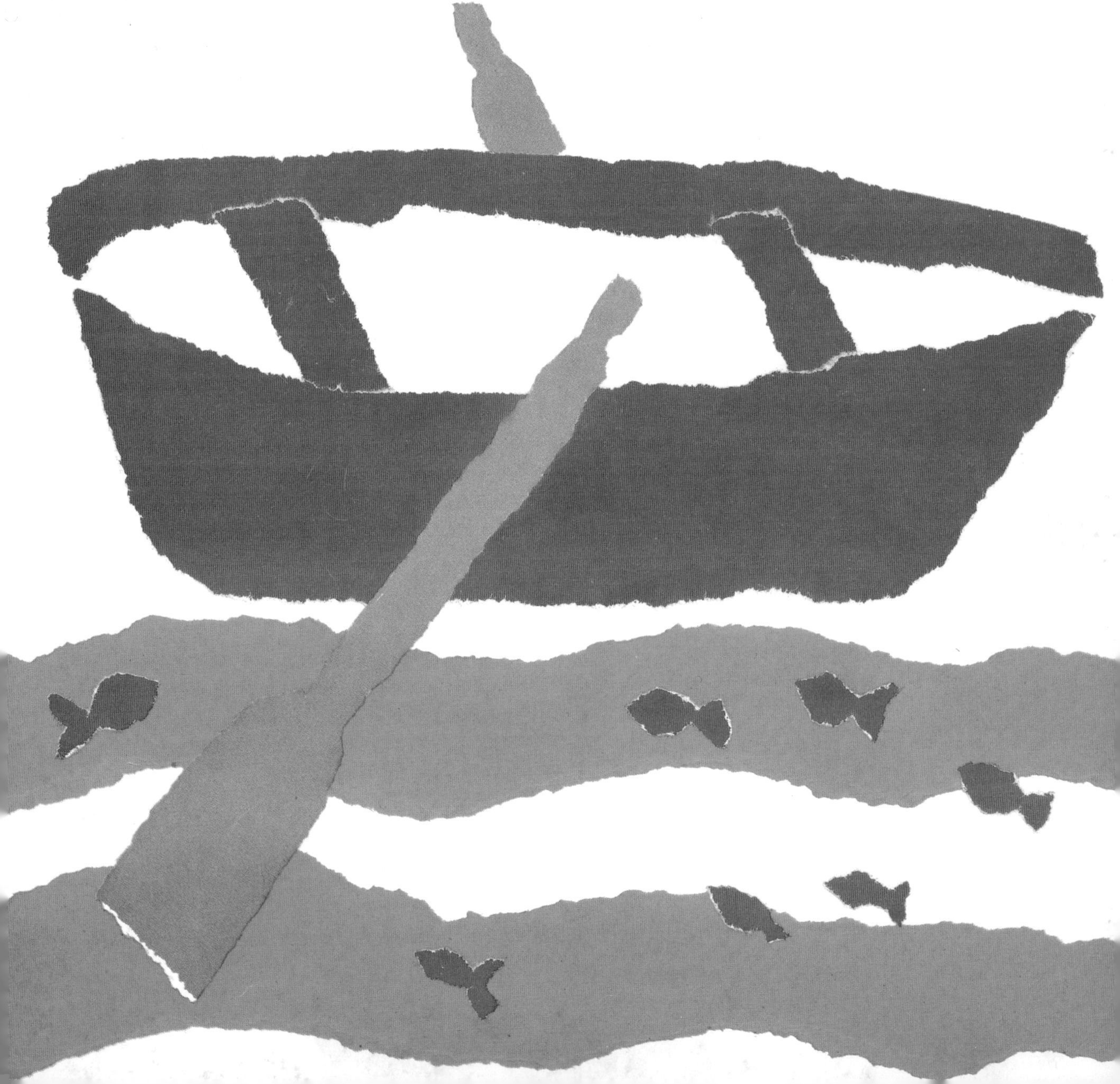

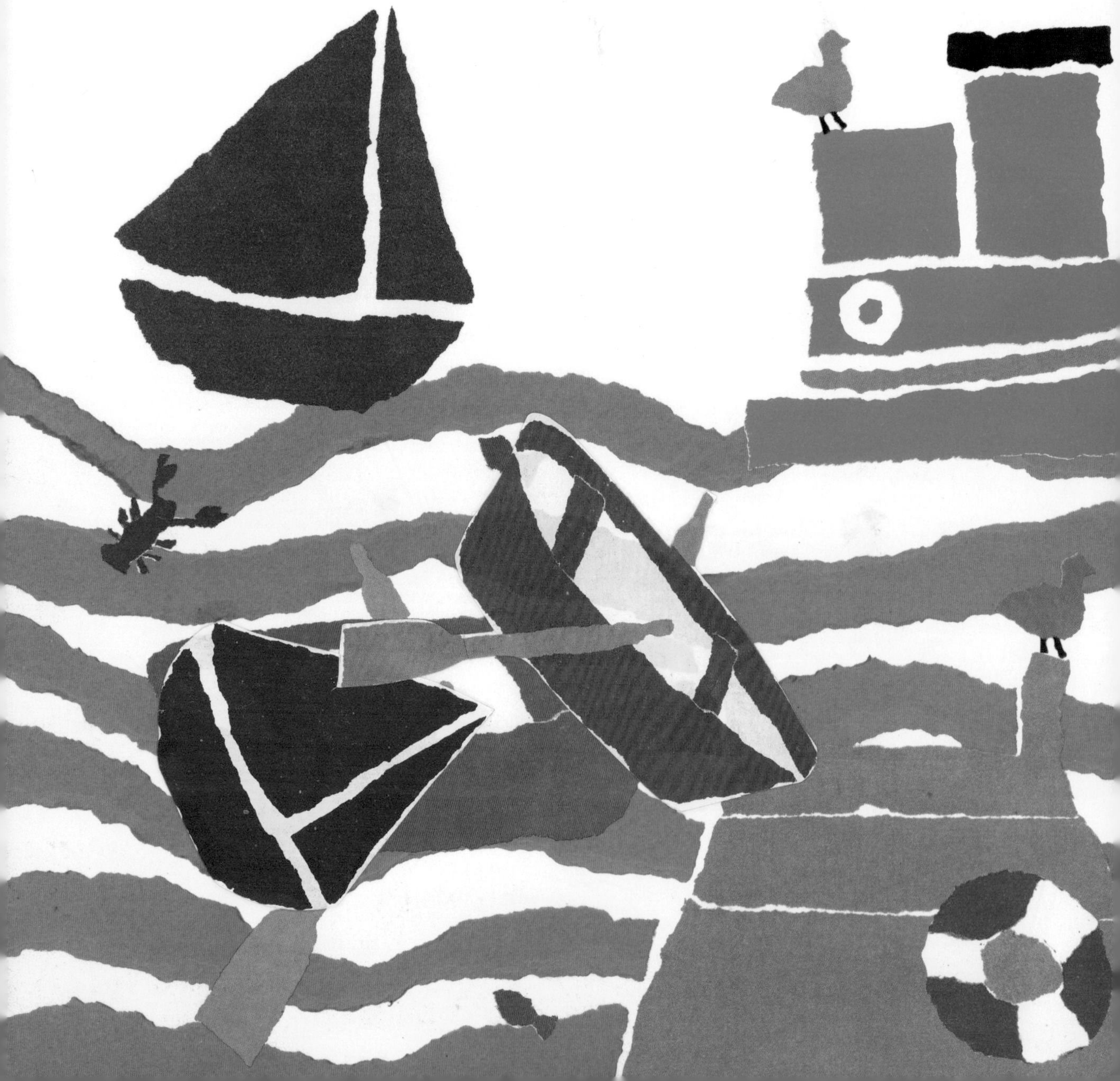

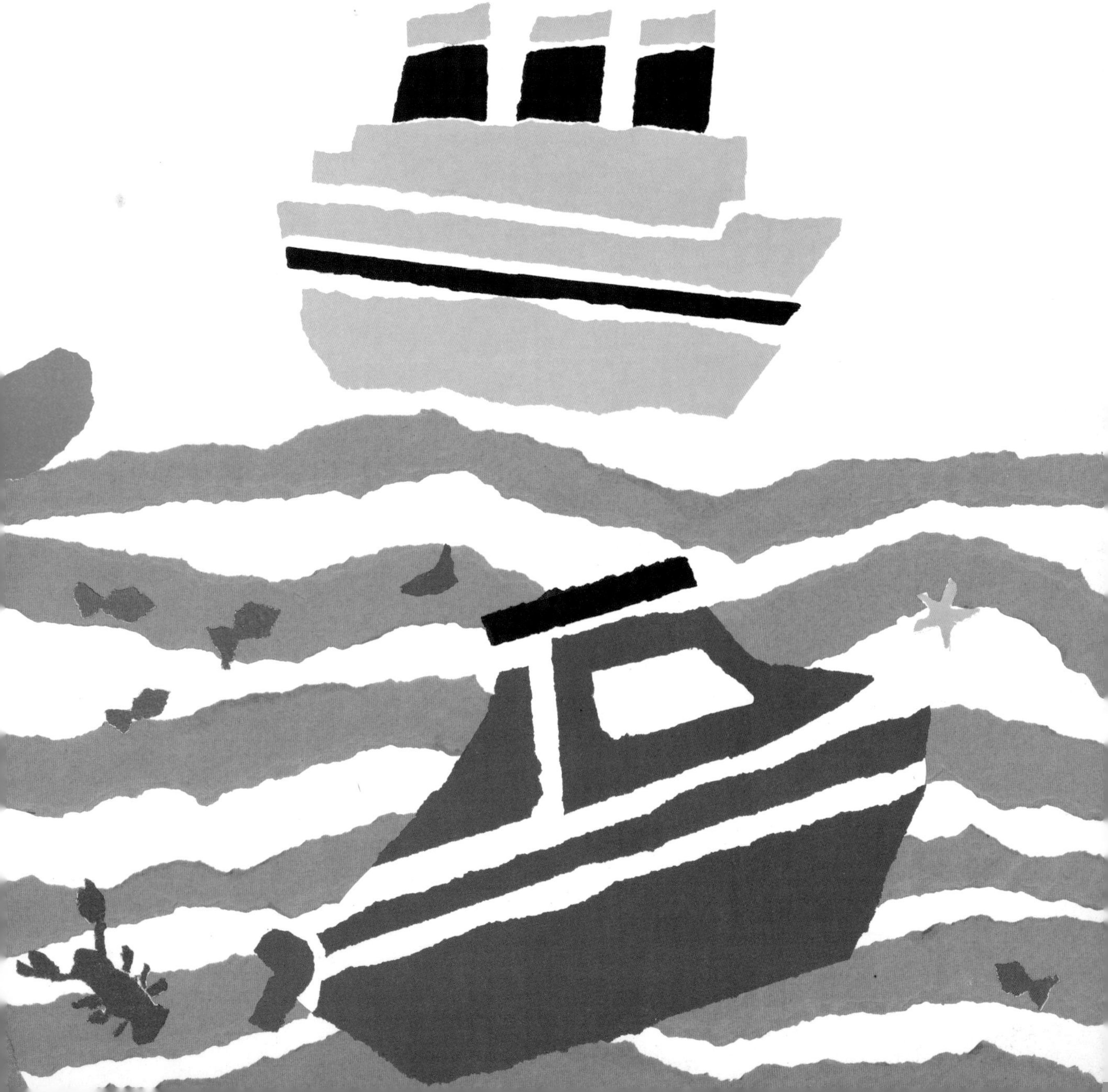

**Now use the stickers to make your own picture.**

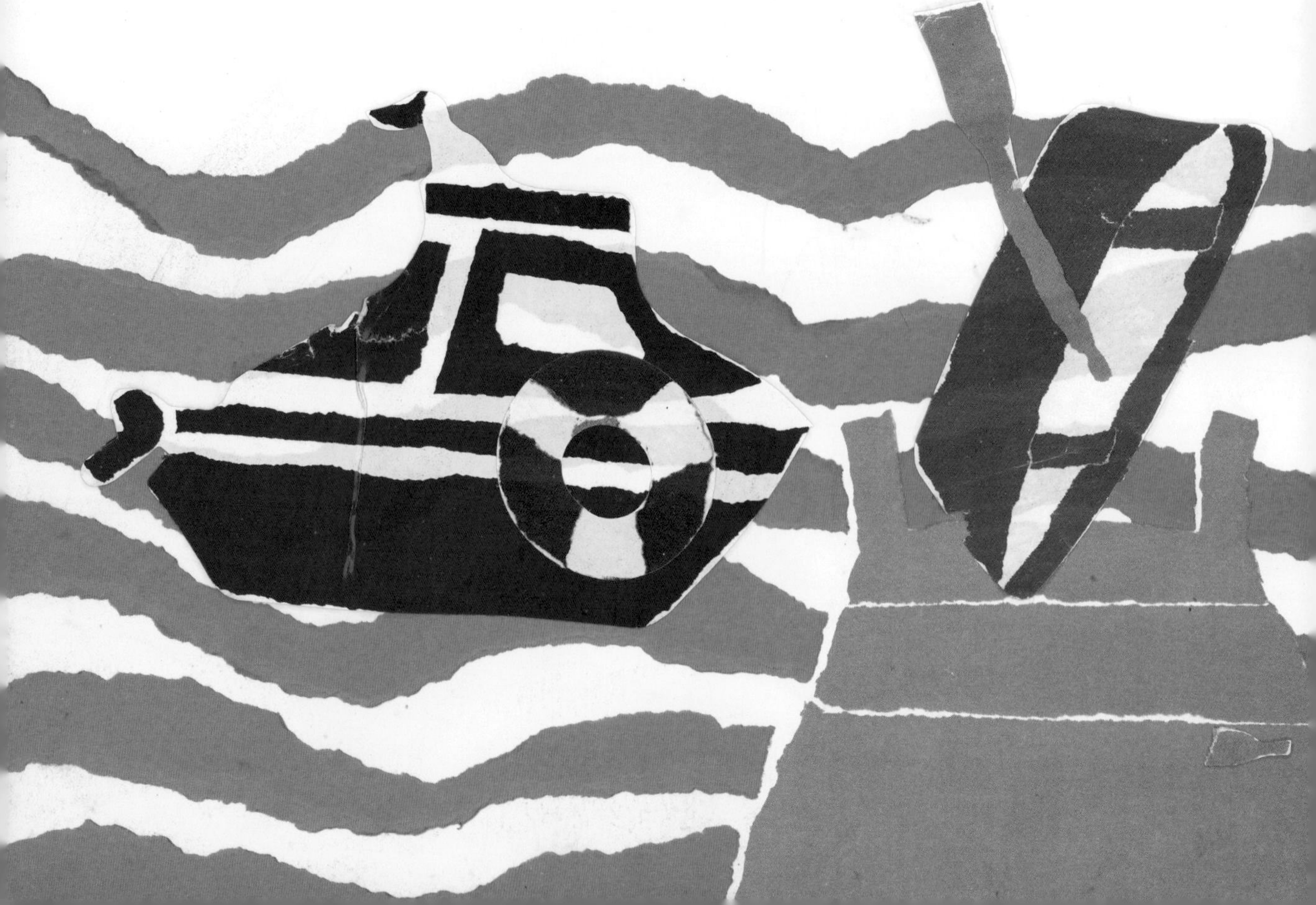

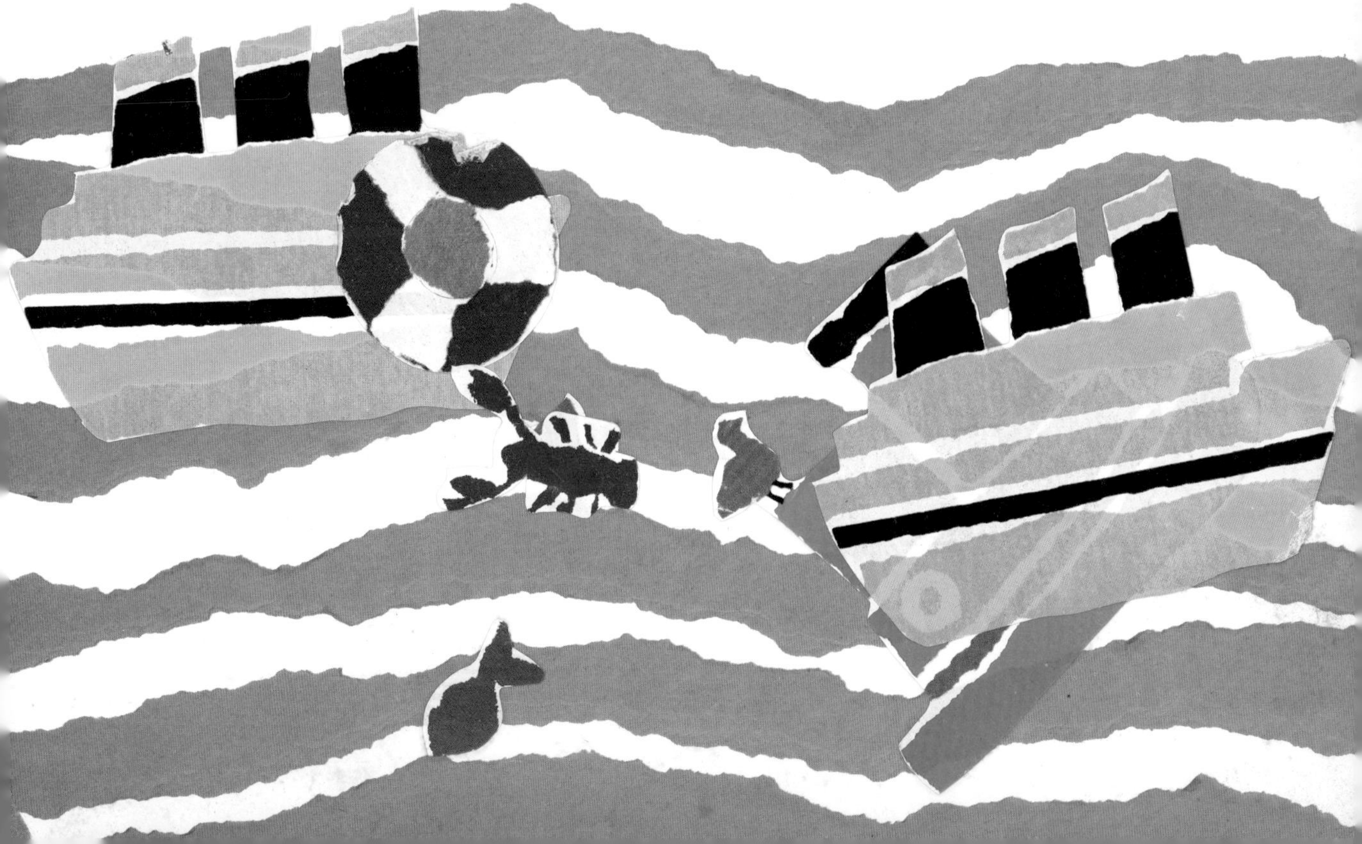

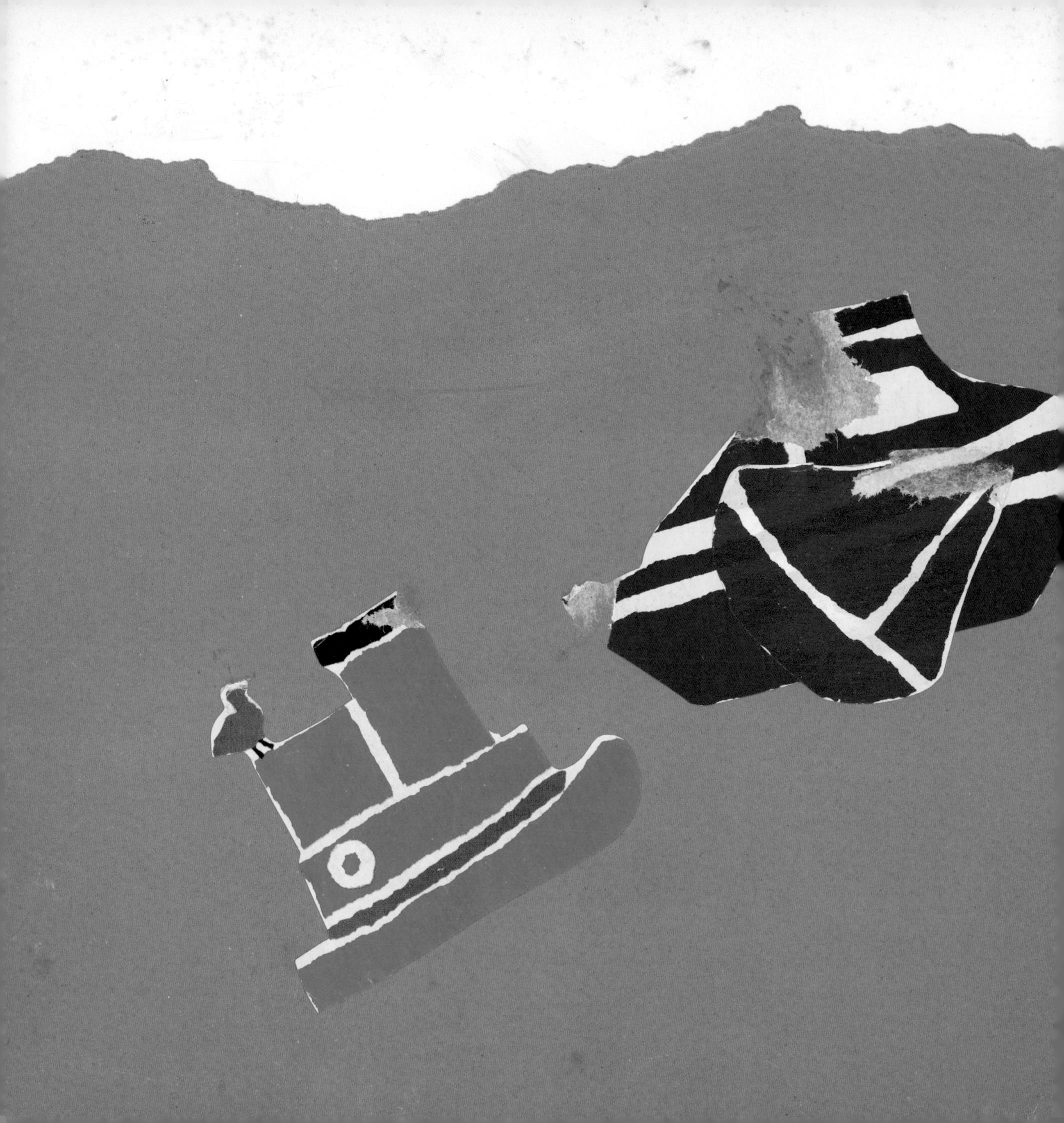